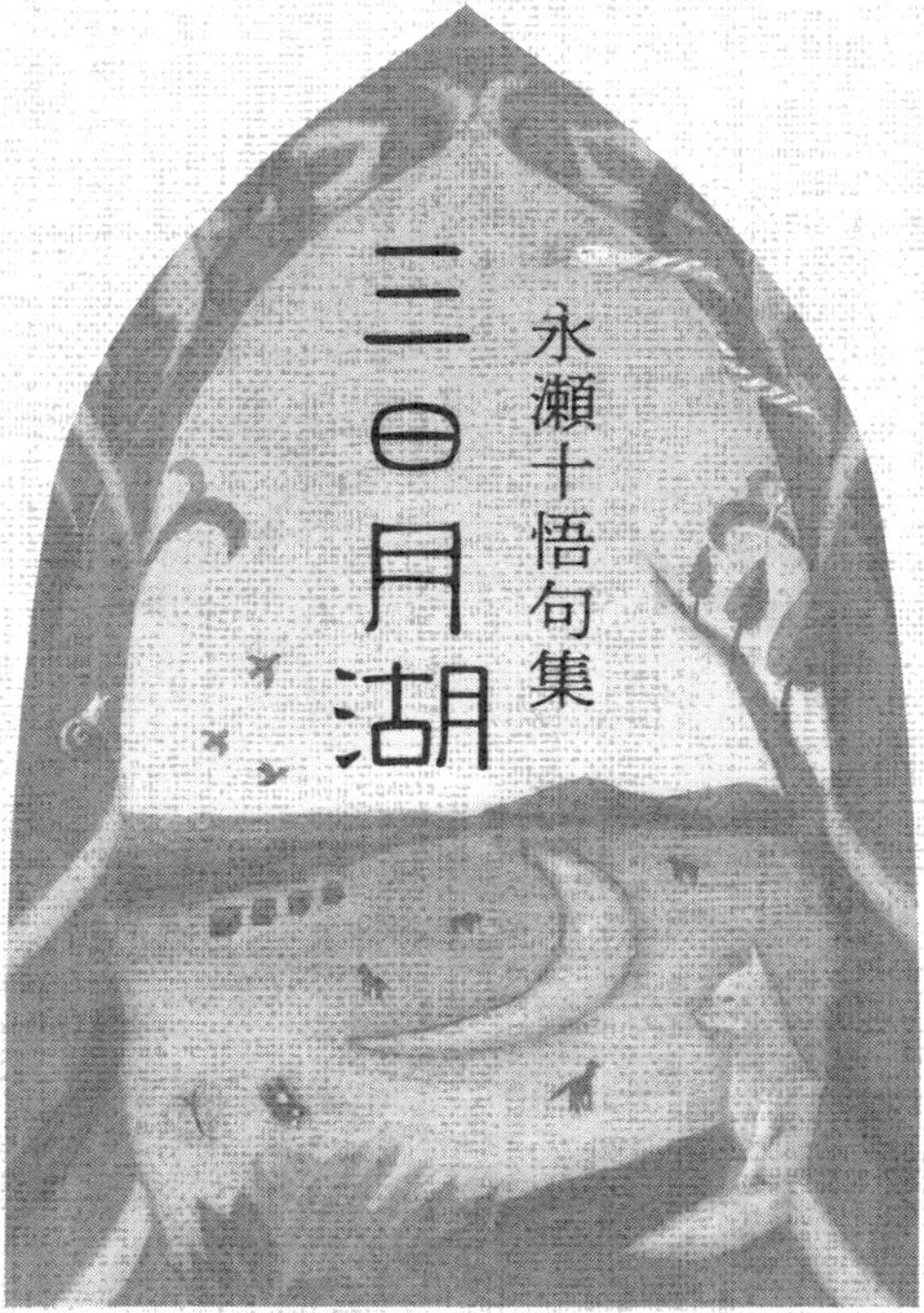

コールサック社

序句

秋蝶の浮力絶壁の限り

森川光郎

目次

装画　澁谷瑠璃

句集　三日月湖

第一章　ひもろぎの村

原発事故により避難を余儀なくされた地は、神聖な場所のように静まり返っていた。

逢ひに行く全村避難の地の桜

早蕨《さわらび》や土ふくらみて人を待つ

支へ合ふ老木二本百千鳥

廃屋となりたる牛舎燕来る

けふの桜むかしの桜橋の上
桜満開どこかでだれか泣いてゐる

笑ひ声聞こえし頃の家朧
新樹光被曝せしことふと忘る

村はいま虹の輪の中誰も居ず
風入の一時帰宅や戻らねば

原発事故それからの日々夕かなかな

七夕の雨産土《うぶすな》を洗ふやう

牛飼のその後は知らず盆の風

父祖の田を埋め背高泡立草

通草《あけび》熟る立入禁止の柵の上

棄郷にはあらず於母影《おもかげ》原は霧

一山の除染袋に雪降り積む
（汚染土の入った袋が除染袋という名称で呼ばれる）

四千キロ来て白鳥の睦む村

連れて行けぬ猫に餌置き御慶かな

山でしか生きられぬ人木を囃《はや》す

楪《ゆづりは》や更地に残る屋敷神

村ひとつひもろぎとなり黙《もだ》の春

第二章　三日月湖

原発事故後、放射線量の高い地域が三日月湖のように残された。

末《す》黒《ぐろ》野《の》や一本の葦立ち上がる

しづかだねだれもゐないね蝌《か》蚪《と》の国

星朧バスは流離の人を乗せ
目かくしのままの雛よ標《しね》葉《は》郷《ごう》

除染袋すみれまでもう二メートル

朽ちてゆくばかりの家や梅真白

鴨引くや十万年は三日月湖
しろつめくさ廃炉への道渋滞す

波の打つ崖の赤らむ三月尽

除染土に咲くあれこれや明日葉も

さへづりの真ん中にある線量計
避難区域の柵越しに見るさくらかな

地を這つて咲く白藤や請《う》戸《け》小《ど》

汚染土を運ぶトラック日雷

でで虫の軌跡の濡れる被曝地図

避難後の学び舎に錆蚊喰鳥

棄て牛に水やる人よ青嵐

廃屋に仏壇見ゆる薄暑光

汚染土も土なり蟬の羽化はじまる

鳥一羽降り来て泉おどろかす

炎天のマウンドに積む除染袋

夏草やスコアボードはあの日のまま

玫瑰《はまなす》やここは子どもの頃の海
滴りの行き着く先の汚染水

原発より五キロの港虫すだく

秋の雲禁漁の船きいと鳴る

六千人働く廃炉盆の月

牛喰ひし柱傾げりちちろ虫

月光やあをあをとある三日月湖

これほどの雁この湖《うみ》の何が好き

海見えぬ海岸道路鳥渡る
猪除けを手に立ち尽くす商店街

保育所に靴がそのまま秋桜

暮れ急ぐ無人の町や虎落笛《もがりぶえ》

塞がれしポストの口や去年今年

初空や廃炉作業の人の列

狩人に被曝の森の白光す

沈黙の被曝の森の凍裂す

牛の骨雪より白し雪の中
綾取の橋を三日月湖へ架けむ

陽炎や日本に永久の仮置場

廃炉後の曠野を巡る蝶の夢

第三章　更地の過去

地震、津波、そして原発事故による避難で、多くの場所が更地となった。

はまにがな塔婆に月日滲みをり

風船の飛んで汐見が丘小学校

あの日のこと春の浜にて会ひし人
たんぽぽや津波の砂の残る坂

津波の地ひと刷毛《はけ》にして春の雪

彼岸会のポストにかもめ止まりをり

寄り添ひて高台に見る春の海

三月や今も沖には過去のあり

はこべらや門柱残る下宿跡

破船あり花菜あかりに包まれて

地震《なゐ》ひそむ地に新しき巣箱かな

蘖《ひこばえ》や切株今も海を恋ふ

除染の水浴び陽炎の家となる

高々と仮設校舎の卒業歌

津波より残りし島の芽吹かな

海光や仮設市場に春の蠅

再会は海にほふ駅風光る

先生の墓に集ひて花惜しむ

春の月映して海は無音界
堤防の高きみちのく遍路道

土削る除染よそこは雲雀《ひばり》の巣

帰還困難区域の家に鯉のぼり

どこまでも更地どこまでもゆく神輿

届かねど稚《ち》児《ご》鹿《しし》舞《まひ》へ団扇風

沖ばかり見て昼顔をさびしがらす

七年目植田に故山戻りけり

夏草や更地の過去を忘却す

一角に牡丹一角に瓦礫山

初陣の児の馬に鈴お野馬追

産土は胸中にありお野馬追

夏草や蹄《ひづめ》が頭上駆け抜ける

三伏を耐ふ懐かしき人の句と

更地とは片陰もなくなりしこと
螻蛄《けら》鳴くや今も灯らぬ街にゐて

まなうらにうしろ姿や盆の道

家ありし所に門火点々と

ヘッドライトの先は泡立草ばかり

木犀やときどき思ひ出す笑顔

畑への径を精霊《しやうりやう》蜻蛉《とんぼ》かな

コスモスや片付けられし墓百基

海望む廃屋に猫日向ぼこ

船の絵の皿落ちてゐる枯《かれ》葎《むぐら》

千鳥鳴く防潮堤の変へる海
校塔の時計止まりしままに暮

雪景色火気厳禁の赤き札

開け放つ厩舎の中へ寒雀

この崖を登りし記憶寒椿

墓もまた朽ちてゆくもの雪《ゆき》催《もよひ》

まだ墓の花筒にをり冬の蝶

寒北斗仰ぎて一歩また一歩

第四章　ふくしまの四季

Ⅰ　春告鳥

子を寝かす頭上白鳥帰るころ

どこからかカリンカの歌木の根明く

春暁やまつさきに照る馬刀葉椎《まてばしい》

魚屋に泳ぐ魚の吊し雛

猫の世話託されてをり雛の夜
ひひなみなをさながほにていのちなが

風強き梅林父の忌なりけり

厠にてたしかに初音だと思ふ

自転車で来て春耕をはじめたる

春耕や寄り添ひ進む畝二つ

古巣よりスズランテープ吹かれをり

海までは百キロの橋雛送り

孵化場のきらりひらりと春動く

満開の桜は溶接のにほひ

ひとり見る桜何ともつまらなし

初虹や吾妻安達太良磐梯山

ふくしまの子として生まれ入園す
鯉跳ねる桜吹雪の夜なりけり

散る桜街きらきらとしてゐたり
花屑の掃き寄せられし中に翅

病む家に春告鳥の来てくれし
さみしさを知り初めし子と花種蒔く

春空に絵を描くやうに手話歌ふ

一列に夕日を浴びて鳥帰る

花かんば教会の扉の開けてあり
ひばり雲雀なんだか楽しくなつてくる

双葉より震へる小さき影二つ

新入生礼して横断歩道へと

蝌蚪のほか何も動かず山に雨

朧の夜魚のやうに擦れ違ふ

鳶の輪の中へ帰港や白子船

乙姫の衣は濡れぬ亀鳴けり

杼《ひ》と筬《をさ》のあはひに春日織り込まる

稚児百合に木洩れ日といふ贈り物

縄張に来るなと雉《きじ》がかあんと鳴く
蛇穴を出る切れ長の眼なり

Ⅱ 夏霞

あをぞらや憲法みどりこどもの日

新樹林魚のひかりに水ゆるる

須賀川牡丹園四句

みちのくは天香無辺牡丹咲く

うなづけばくづれてしまふ牡丹かな

牡丹園屈めばどつと匂ひくる
持ち上げて摘む花を選る牡丹守

太陽は水底にあり草矢打つ

おほぞらに腰を下ろして柏餅

ふくしまのみな逆さまや代田水

広く高く農学校のはりゐんじゅ

蠅つるむホルスタインの鼻の先

田植機の泥落ち国道四号線

青年の考へてゐる大夏木

風に乗るアサギマダラよ慰霊の日

酷暑嗚呼ランドセルの荷重すぎる

少年少女湧き出てきうり天王祭
（きうり天王祭は、胡瓜を祀る須賀川の夏祭）

型抜きに蠢《うごめ》く童《わらは》夜店の灯
かき氷この世のものでない色を

海見えるほか何もなき夏座敷

花あやめ畳の国に生まれけり

手ぬぐひに広がる水や夏霞
音も無く開く本堂梅雨あがる

水に墨一滴腐草蛍となる

森青蛙の卵あはあは緑さす

そら豆の莢のがらんと残りたる

糸とんぼ乗せて浮葉が岸を出る

落葉松《からまつ》の天辺に梅雨明けにけり
魚跳ねる音のかがやく夏の空

オリンポスと名付けし丘の青大将
蝉の羽化がんばれと子が声かける

目高より目高の影の大きかり

木登りの母子に迫る青嶺かな

容赦なく叩く雨粒蟻の道

空蟬のびつしり椽はやさしい木

三輪車木下闇より飛び来たり

夏の航塗り立てペンキにほひけり

海に向く机水着のまま座る
オカリナに乗せ涼風を運ぶ人

炎天の熱持つペンも行く道も
梅干してゐてふとガンジーのチャルカ

葉の裏は逆さに歩く天道虫

小児病棟窓に向日葵ひとつづつ

箱眼鏡この世の音の消えにけり

大なめくぢ這はせて橅《ぶな》は母なる木

群青の山を間近に立泳ぎ
虫の列樹皮を出てくる喜雨の中

子安地蔵花火の屑が落ちてゐる

玄関にどかと七色夏野菜

みなみかぜ如《じょ》雨《う》露《ろ》の象の鼻笑ふ
しかたなく鯰のひげを見てをりぬ

干涸びてゆきつつ進む大蚯蚓《みみず》

白玉の出て縁側に座を移す

蟬の穴小さく暗くなつかしく

キャンプの子一人は蟻と遊びをり

とうすみはおもちやのやうに静止せり

雨上がる毛虫にやにやにやにや木もにやにやにや

あめんぼの重さの水の凹むなり
染物屋の片陰子守唄がする

道を往く人は亡きひと青簾

品揃へ豊富と閉店セール夏

苧《からむし》の原に眠れり火焔土器

動き出し知る尺《しゃく》蠖《とり》の前うしろ

南無と云ふ顔して石に雨蛙

ざりがにのバケツ掻く音子は眠り

水鉄砲顔を撃たれてより本気
シーソーを夕焼雲としてゐたり

郭公や逆さに光る一大樹

本棚の迷路をきらら虫が行く

Ⅲ　秋珊瑚

さはやかや背に眠りたる子の鼓動

水に入り桃のお尻の回り出す

みそ汁と納豆の朝原爆忌

母の好きな八月十五日の青空

K氏へ

反戦反核反格差の生身魂なり

野にうたふ浜辺の歌や秋珊瑚

かなかなや釣り少年に帰る時間

かなかなのここは宇宙の渚かな

ふところに鬼の子を入れ名もなき木

田の色の新兵衛池より始まれり

母の忌の母にワインと柚餅子《ゆべし》三つ

日や月や磐城平へ稲の波

古畑の雨後の明るき赤とんぼ
どっしりと雲は動かず豊の秋

吉兆はささやかにして鴨渡る
放し飼ひの鶏の声棉《わた》を摘む

弓びゅんと鳴らし綿打はじめけり

足上げて水切る猫や秋の雨

赤い馬緑の魚月天心

銃担ぐ案山子《かかし》がをりぬ心せよ

秋出水りんご幾度も岸を打つ

色変へぬ松に凭《もた》れて猿田彦

月見よと千キロ離れ電話あり
源流のここがはじまり初紅葉

秋の蝶ダム湖に墜ちてゆきしまま
大雨の後の邯《かん》鄲《たん》澄みとほる

鐘の音や農学校は霧の中

馬術部と手書きの板や櫨《はぜ》紅葉

バーを越す黒馬に汗秋気澄む

残菊に軽くつながれポニーの仔

霧晴れて農場にほひはじめけり

天の川子の部屋にまだ世界地図

鮭のぼる川を鴉の旋回す

同じ木を行つたり来たり鵙《もづ》高音

トルソーとなる黄落の中にゐて
川にもどす小さき魚も秋の色

ばたばたと露落ちて来る山毛《ぶ》欅《な》峠

坂のぼりきればすつくと鷹柱

犬の墓流されてゆく秋出水

子の一家住む北の国鮭のぼる

Ⅳ　冬青空

子牛の鼻母牛を押す冬日和

裸木に裸木の影重ね合ふ

松明あかし四句

一番星松明あかし待つ丘に

小松明声かけ合ひて丘目指す

松明あかし白装束の点火役

松明あかし果て真つ白な月残る

牡丹焚火四句

牡丹焚火照らされてゐる我が無明

牡丹焚火六十キロ先に劫《ごう》火《か》

青々と牡丹供養の燠《おき》浄土

牡丹焚火地球の色となりをはる

玉羊羹買ふ間に時雨来てゐたり

初氷犬なでて子の登校す

唐紙の染み鳥になり象になり

山中に日溜りの池冬の蝶

雪嶺や青磁の空をうかべたる

手のかかる猫となつたな炬燵据う

炭の香の凛とありたる座敷かな

不動尊清めて囲む落葉焚

仏像に微かな朱色山眠る
紫の連山そして牡蠣フライ

星ひとつ抱き梟の下通る
湖に入るまでは落葉の坂であり

妻の好きな少しやくざな焼芋屋

つつつつと鳥氷上を駆け抜ける

冬枯の中の目鼻として立てり
はらはらと鱗粉零す冬の雲

手探りで灯す電球寒波急

風呂吹の真中の白に至りけり

灯台の光の届く鮟鱇鍋

かもめ百放り投げたり冬青空

病院に点る灯沖を行く鯨

知らぬ子と一緒に作る雪だるま

食物連鎖危ふしと言ひ薬《くすり》喰《ぐひ》

体操で始まる工事冬の月

きのふまでの色を閉ぢ込め氷張る

なみなみと光を湛ふ大枯野

ポプラ並木とんびの賢治とすれちがふ
数へ日の中の一《ひと》日《ひ》を鳥を見に

あをぞらの奥へ奥へとスキー行

寒月光鱗となりて川流る

初晴や鳥になる子の影法師

ふくしまの空いつぱいに筆始

ポストへのいつもの道も初景色

産みたての卵の温み初山河

薺《なづな》爪《づめ》猫が邪魔しにやって来る

復旧の常磐線を旅はじめ

息止めて氷柱《つらら》の門をくぐりけり

白鳥の助走の頸《くび》の前へ前へ

綿虫は吐息のやうに降りて来る

手紙出す雪の橋より魚見て

雪国や羹《あつもの》を吹く小さき口

湯冷めして首の重さを感じをり

赤きもの真横に啀へかじけ鳥
谺して牧舎の屋根の大しづり

第五章　シャドウボクシング

東日本大震災の前年は就職難が続いていた。この年、職業大学校の若者のキャリア形成と就職支援に携わる。

校庭に開く弁当花吹雪
傷ふさぐ絆創膏と春夕焼

若葉風履歴書五六枚飛ばす

母の日の花買ふためのアルバイト

求人のぴたりと止まる土用寒

志望動機あれこれ夕焼美術室

手花火や縮まつてゐるクラスの輪

繰り返す面接練習油蟬

夏休み「海にいます」とメール来る

黙って聞く生徒の恋やかき氷

進路相談室に小さな七夕竹

面接より戻り糸瓜へ水を遣る

内定を取消す電話鵙の贄

満月を相手にシャドウボクシング

家庭環境聞かれましたとうそ寒し

神の留守母子家庭ですけど何か

身に入むや求人開拓の一日

途中まで生徒と帰る冬の月

ひとりぼつちの東京聖樹ばかりです
マスクして面接までを耐へてをり

数へ日や生徒に届く内定書

暖房の切れた教室笑ひ声

自分らしく働きたいと春を待つ

卒業式職の決まらぬ子と握手

全員で記念樹を植ゑ卒業す

卒業や海を見に行くオートバイ

第六章　沈む神殿

かつて、中米グアテマラの密林に千年前に滅びたマヤの遺跡を訪ねたことがあった。

旅の荷に写真一葉夏の蝶

灼けし街警笛の渦の中に入る

水売にどこから来たと聞かれけり

喧騒の祭の町に宿探す

トルティーヤ焼く左手は蝿叩

蔓薔薇や廃墟に残るマリア像

火を熾すことにはじまる祭かな

起し絵のひとつ火の鳥物語

短夜のラム酒にサルサ恋の歌
片陰の壁の落書きチェ・ゲバラ

侵略者の教会残り大西日

夜の驟雨水奔り出す石畳

炎日や聖母に祈る長き列

聖堂の真暗きところ汗冷ゆる

いつまでも長距離バスに西日差す

畠より上がる煙や巴《は》旦《たん》杏《きやう》

暑き夜の呪術師長き影を持つ
喜雨の中みな濡れて行く我もまた

猿飛んで遺跡の深き木下闇

草いきれ神殿跡に読めぬ文字

孔雀ひかり覇王の墓は茂り蒸す

文明は生贄が要る垂るる蛇

神殿の脆き石段蛇の衣

炎昼に暗転の間や石舞台

神殿は巨大な墳墓蔦茂る

なにもかも黄金に染めスコール来る

密林に沈む神殿赤い月

機織りの村は緑雨の中にあり

噴煙の見ゆる波止場や花ダリヤ

出港の銅鑼の消えゆく晩夏かな

第七章　かなしみの星

原子炉を海市に並べ海の国
淡雪や海にピアノと核の塵

大牡丹闇に浮くなり地震の国
ほたる火や核災は何奪ひたる

戦争の続く地球に海月《くらげ》かな

難民の舟に美し過ぎる銀河

戦火戦渦戦禍泉下へ鳳仙花

現世《うつしよ》に賽の河原と施餓鬼舟

故陸軍故海軍の霧深し

露の世の今も竹取物語

我に砂漠草の実飛んで来たりけり

それからの幾世氷の神殿F

神殿と崇めし建屋狐住む
狐罠警告板の文字読めず

枯岬海神の笛響きけり
神殿に打ち寄する濤冬の雷

鷹の目に歪む時計と牛の骨
一本のらふそくの火の寒夜なり

何の廃墟か枯野の大円柱
地球凍つ放射性廃棄物溢れ

穢土浄土境などなく雪つもる
絶滅の凍星となり漂ふか

防護服のグスコーブドリ麦を蒔く

春近しまたたきもなくにじむ星

泥土より生まれて春の神となる
耕して握る真土やとこしなへ

解説／あとがき／略歴

解説　平仮名の「ふくしま」の思想で現実の想像不可能性と対峙する現代文学

鈴木光影

1

二〇一一年三月十一日の東日本大震災と俳句はいかに相対したか。俳句総合誌では「震災特集」が組まれ、多数の有名・無名俳人たちが俳句を作り寄稿した。震災と俳句が語られる場合、大きく分けて二つの問題があった。一つは、被災者ではない俳人が、報道等を通じて見聞した情報を基に、震災についての俳句を作ってよいかという問題。もう一つは、多数の死者を出したり、衣食住の日常生活が奪われるような被害状況において、人は俳句など作りうるかという問題である。

一つ目については、金子兜太が昭和三十年代に「社会性は作者の態度の問題」と言ったが、被災者であるか否かに関わらず、俳句作家として大震災という社会的事象を詠むかどうかという「態度の問題」であるように思われる。

二つ目については、大規模災害に直面して俳人は表現することができるかが問われた。また、いまも俳句の主流である「有季」（季語を必須とする）作家にとっては、季語の平時性と災害の非常性の折り合いをいかにつけるか、という葛藤があったはずである。

このような情況の中で、永瀬十悟氏が「ふくしま」五十句で二〇一一年第五十七回角川俳句賞を受けたことは俳壇にとって一つの事件であった。この賞選考会において、永瀬氏の作品を推薦する二氏、それに反対する二氏の激しい議論が交わされたのである。その内容については深く立ち入らないが、この選考会は、審査員諸氏が依拠する俳句観を浮き彫りにした。また、誌面に掲載されたその選考経過は、それを読む同時代の俳人たちの俳句観を問う内容でもあった。（参考「俳句」二〇一一年十一月号・角川学芸出版）

激震や水仙に飛ぶ屋根瓦
凍返る救援のヘリ加速せよ
蜃気楼原発へ行く列に礼
流されてもうないはずの橋《はし》朧《おぼろ》
牛虻よ牛の涙を知つてゐるか
避難大事恋も大事やチューリップ

震災から七年が経つ二〇一八年の現在においても、これらの句の、震災発生当時の時局的な真実を掬いつつ俳句に結晶化した普遍性は失われていない。角川俳句賞の締め切りが五月三十一日、地震発生から二か月半ほどで作られた「ふくしま」五十句からは、限られた時間で、被災者の立場から季語と格闘しつつ俳句の群作を作り上げた、作家としての確たる「態度」が伝わってくる。

　また、この角川俳句賞受賞作を収録した永瀬氏の第一句集『橋朧―ふくしま記』（二〇一三年三月刊）を通読すれば、氏の元々の俳句姿勢は、生まれ育った福島の地の自然を愛し、少年のような透明な感性で俳句を作ってきたことが分かる。

　永瀬氏が震災を機に社会性のある俳句に向かったことはそれ以前の作風と矛盾しない。自分が寄って立つ土地の自然や、その場所でこれから生きていく子どもたちの未来が奪われた悲しみと怒りが、氏を新しい俳句表現へと向かわせたのだろう。

2

　前句集から五年半、震災から七年半の時を経て刊行された第二句集『三日月湖』は、計三九四句が、七つの章に編まれた作品集である。この句集構成には、一句独立を念頭に置きつつも、群作によって作品世界を構築しようとする意欲的な試みが感じられる。一つの章に主題が底流しているとともに、しばしば、一句が章を跨いで他の一句と有機的に結合し、重層的なイメージを喚起させる。

以下、一章ごとに句を引きつつそのエッセンスを紹介したい。

第一章「ひもろぎの村」

逢ひに行く全村避難の地の桜
桜満開どこかでだれか泣いてゐる
村ひとつひもろぎとなり黙《もだ》の春

一句目、原発事故の影響で一村まるごと避難地域に指定された地の桜に作者は「逢ひに行」った。この「逢ひに行く」は、自らの足でその地を踏み、自らの眼で見ようという行動を伴った主体性と、そこで待っている桜へ向ける暖かな心が感じられる言葉である。二句目、人々に愛でられることのない「桜満開」の奥に泣き声を感受する。桜の木の樹霊か、土地の先祖の魂か…、作者の心情は聞こえない音に共振する。

三句目、章題となった「ひもろぎ」は漢字で書けば「神籬」で、神社以外で神事をとりおこなう際につくられる聖域のことである。永瀬氏は「村ひとつ」が「ひもろぎ」のように沈黙の場所と化してしまったことに驚愕しつつ、その「黙《もだ》」に自然への畏れのようなものを感じている。またこの「ひもろぎの村」を生み出したのは我々人間であることを沈思する「黙」でもあるだろう。人が住めなくなった一村は、震災以後新たに生まれた、時間が止まった空間である。現代文明が生んだ一つの風景が描出されている。

第二章「三日月湖」

鴨引くや十万年は三日月湖

六千人働く廃炉盆の月

廃炉後の曠野を巡る蝶の夢

一句目、句集題ともなった「三日月湖」は、蛇行する河川の曲折部が三日月形に取り残されて湖になった地形をいう。人が立ち入れず周りから取り残された「三日月湖」のような〝帰還困難区域〟が現実に生まれている。放射性物質が無害化すると言われている「十万年」という想像を絶するタイムスパンを想像しなくてはならない、これまでに無い時間感覚が原発事故によって生み出された。そのような想像不可能な時間を直視し、作られた俳句は他に例がないのではないか。そんな途方もない時間を背負った場所に、日本で冬を越し春になって北へ帰る「鴨」は渡り鳥の自然の時間を生きている。作者は「十万年」と対照的な「鴨」一羽のちっぽけな生の時間に目を凝らす。この「鴨」は、「今だけ」という近視眼的な視座を超えていこうとする「時の旅人」なのかもしれない。

二句目、事故を起こした東京電力福島第一原発の廃炉作業に従事している人数は一日約「六千人」といわれ、多くの人々の生きる時間が費やされている。東京電力のＨＰによれば、この〈廃炉プロジェクト〉自体は三十年から四十年を要するとしているが、確証的な将来は見通せていないだろう。「盆の月」を仰ぎつつ、危険を伴う廃炉作業員達に思いを馳せている。三句目、そんな「廃炉後」を「蝶」の身になって想像しようとするが、その夢に見る地は、虚ろな「曠野」である。

第三章「更地の過去」

堤防の高きみちのく遍路道
夏草や更地の過去を忘却す
寒北斗仰ぎて一歩また一歩

一句目、3・11の津波を機に東北の太平洋沿岸を縦断するように堤防が築かれた。それらの地域は大津波の被害を受けた場所で、「遍路道」のような堤防沿いを歩くことは、鎮魂の旅となる。二句目、津波によって家屋などが流され更地となった場所に生命力の強い夏草が覆い茂ると「更地の過去」にあった人々の生活など最初から無かったかのようである。「忘却す」からは、どんなに時が経っても忘れたくない、という静かな願いが伝わる。三句目、過去や故人を忘れず、脳裏に焼き付けつつ、少しずつ前進していこうとしている。震災の犠牲になった人々の魂は「寒北斗」に姿を変えて、生き残った者たちの生を後押しする。

3

第四章「ふくしまの四季」

Ⅰ「春告鳥」Ⅱ「夏霞」Ⅲ「秋珊瑚」Ⅳ「冬青空」

ふくしまの子として生まれ入園す
花屑の掃き寄せられし中に翅
手ぬぐひに広がる水や夏霞
空蟬のびつしり椽はやさしい木
母の好きな八月十五日の青空
かなかなのここは宇宙の渚かな
裸木に裸木の影重ね合ふ
牡丹焚火地球の色となりをはる

春夏秋冬に分けられた第四章では、震災以後の福島の自然や四季、素朴な日常詠の中に俳句的直観が光り、永瀬氏の俳句の源流といっていい章であろう。また震災後、自然豊かな福島の生活と心の平穏が、少しずつ戻ってきていることも窺える。

永瀬氏が福島の表記を平仮名の「ふくしま」とするのには、氏特有の素朴な眼差しと、子どもに語り掛けるように世界に接していく柔和な姿勢が見えるようである。原発事故以来、被曝地域との意味合いを込め、片仮名の「フクシマ」という表記をされることがある。平仮名の「ふくしま」は、子ども的感性を大切にし、郷土を慈しみ育てていこうとする思想の現れではないだろうか。角川俳句賞受賞作題も「ふくしま」であることから、永瀬氏が培ってきた長年変わらぬ思想であることが分かる。

第五章「シャドウボクシング」

志望動機あれこれ夕焼美術室

満月を相手にシャドウボクシング

自分らしく働きたいと春を待つ

震災前に永瀬氏が関わっていた、若者の職業支援での経験を基にした群作である。その頃は特に、就職を望む若者たちには厳しい時期だった。若者にとって就職活動は、自分という人格が初めて労働力というモノ、商品として扱われる経験である。いわゆる「社会人」としての振る舞いや能力を要求され、同時にそこから零れ落ちる者たちも生まれる。そんな現代社会と若者の「あわい」の時間に永瀬氏は立ち会い、ときに生徒の身になりかわり俳句を詠む。

一句目、履歴書や面接で聞かれる志望動機を生徒と一緒に「あれこれ」考えている。美術室に置かれている絵画や絵の具が夕焼に煌めいて、生徒の将来への期待が感じられる。二句目、「満月」は就職活動で向き合う「社会」のようでもあり、また生徒自分自身との闘いなのかもしれない。三句目、「自分らしく働きたい」に生徒たちの実感の声と個人の尊厳への希求がこもる。生徒たちの未来の希望に寄り添い、「春」を共に待ちわびる。

4

第六章「沈む神殿」

火を熾すことにはじまる祭かな

草いきれ神殿跡に読めぬ文字

神殿は巨大な墳墓蔦茂る

マヤ文明の遺跡を訪ねたときの群作である。一句目、当地の祭は「火を熾す」という文明の原初的な行為で幕をあけるという。須賀川の「牡丹焚火」も想起させつつ、文明の成り立ちに思いを馳せる。二句目、フィンランドのオルキルオト島には放射性廃棄物の地下最終処分場「オンカロ」が建設中であるが、十万年後の人類に対して、ここは危険な場所だから立ち去れという警告をいかに行うかが検討されている。掲句のように「読めぬ文字」となる可能性が高く、遠い未来の人類や生物を重大な危険に曝《さら》すことになる。作者はマヤ文明人にとっての「未来人」として「草いきれ」を嗅いでいる。そしてこの「読めぬ文字」の表象は、次章の〈狐罠警告板の文字読めず〉で、未来への警鐘として再び現れる。三句目、千年前に栄えた文明の「神殿」は「巨大な墳墓」であり、多くの死者たちが眠っている。今は蔦が茂り自然に還りつつあるが、現代における「神殿」とは何だろうか。不当な死者たちを生み出してはいないだろうか。

第七章　かなしみの星

戦争の続く地球に海月《くらげ》かな

それからの幾世氷の神殿F

防護服のグスコーブドリ麦を蒔く

一、二、三章で被災地の現在、未来、過去を描き、四章でふくしまの四季を、五章で社会に出ていこうとする次世代の若者との心の交流を、六章で千年前の文明を肌身で感じた。最終の七章「かなしみの星」では、地球的規模の視点で世界環境や人間存在を憂い、「かなし」んでいる。「かなし」は古語で「愛し」とも書くが、単なる現実の悲観ではない、永瀬氏の地球や人間への深い「愛」が本章に底流している。氏の「かなしみ」の心は、自身の内奥へと深化した先に、世界や他者に開かれていく。

一句目、非戦時下にあり平和を享受している人々にとっては、報道されている世界の戦争、紛争をリアルに感じるのは難しい。どうにかしたいのだがどうにもできない、その不可能性の感覚が「海月」に託されているのではないか。二句目、福島第一原子力発電所は、原子炉建屋内への地下水の流入を防ぐために、凍土壁で覆われている。いったい「幾世」そのようなことを続けるのだろうか。六章のマヤ遺跡の「神殿」が、ここでは原発の暗喩的な言葉として使われ、作者は我々現代文明が生み出した「氷の神殿F」の存在に慄いている。

三句目、宮沢賢治の童話『グスコーブドリの伝記』の主人公、ブドリは、冷害による飢饉から人々を助けられないかと奔走する。火山や農業についての学問知識を実践的に活かし、自然と共生しようとしたブドリの生き様に、放射線に生活環境を汚染された現代人を重ね合わせる。「防護服」で身を覆わざるを得ない困難な情況にあっても、ブドリのように希望を持ち続け地道な実践をしていこうとする、作者の静かな意志が感じられる。

俳句が真に現代の文学であるためには、過去や未来という現在を超えた時間感覚や、今ここに在らざるものへの想像力が作家の身に蓄積され、現実と対峙しなくてはならないだろう。永瀬十悟句集『三日月湖』は、「十万年」という遥か遠い未来を「鴨」のような鳥瞰的視座から見晴かし、郷土の自然や故人、子どもに根差した平仮名の「ふくしま」の思想を宿す、現代文学としての句集である。

あとがき

忘れられない光景があります。

小学校に入学したばかりの一年生を囲む登校の列、春の陽光の中なのに皆カッパを着てマスクをしています。その列が信号機の前で止まると、子供たちは不安そうに空を仰ぎます。二〇一一年三月十一日の東日本大震災と福島第一原子力発電所の事故から一か月後のこと。学校が再開し、放射線の影響を少しでも避けるための対策でした。あれから七年半が経過しました。

原発事故や廃炉の報道は少なくなっていますが、それは平時であれば重大な事象が日常的に続くので話題とならないだけです。復興への着実な歩みとともに、想定外と言われた事故は現在進行中でもあるのです。

句集名は「鴨引くや十万年は三日月湖」からとりました。私は学生時代に環境調査のため原発周辺に通っていましたが、その思い出の地が今は立入禁止となってしまいました。放射性物質が無害になるには十万年の時を要すると言われています。想像も及ばない時間です。ひとたび事故が起これば放射線の影響は取り返しのつかないものとなります。しかし原発事故直後の脱原発の大きな流れはいつの間にか変わってしまいました。被災地は置き去りにされ、取り残された三日月湖のようです。

東日本大震災の年に生まれた子供たちが今春小学校に入学しました。挿絵を描いた孫のゆうりもその一人です。子供たちが生きる未来への「持続可能な社会」のために、歴史を学び、現実を知り、想像力を駆使して未来を思う。俳句を通してそのことを続けたいと思っています。

今回、恩師の森川光郎先生より序句を賜りました。鈴木光影氏には、前句集『橋朧―ふくしま記』共々、丁寧に読んで解説をして頂きました。また澁谷瑠璃氏の表紙絵は、豊かな生態系を持つ「三日月湖」の世界を表現して頂きました。
本句集刊行にあたり、コールサック社のスタッフの皆様、そして多くの方々の応援をいただきました。心よりお礼申し上げます。

二〇一八年九月

永瀬十悟

永瀬　十悟（ながせ　とおご）略歴

一九五三年　福島県須賀川市生まれ
一九八八年　俳句同人誌「桔槹《きっこう》」同人
二〇〇三年　「第五十六回福島県文学賞正賞」受賞
二〇〇四年　「第十回桔槹賞」受賞
二〇一一年　「ふくしま」五十句で「第五十七回角川俳句賞」受賞

二〇一二年　句集『橋朧《はしおぼろ》――ふくしま記』（コールサック社）刊行
二〇一三年　俳句同人誌「群青」創刊同人
二〇一八年　句集『三日月湖』（コールサック社）刊行

俳人協会会員

住所　〒九六二―〇八三九　福島県須賀川市大町三五〇
e-mail　ynagase1@ybb.ne.jp

石炭袋

永瀬十悟句集『三日月湖』

2018年9月12日初版発行
著者　永瀬十悟
編集・発行人　鈴木比佐雄
発行所　株式会社 コールサック社
〒173-0004 東京都板橋区板橋 2-63-4-209
電話 03-5944-3258　FAX 03-5944-3238
suzuki@coal-sack.com
http://www.coal-sack.com
郵便振替　00180-4-741802
印刷管理　（株）コールサック社　製作部

＊装画　澁谷瑠璃　＊装幀　奥川はるみ
＊挿絵　ながせゆうり

落丁本・乱丁本はお取り替えいたします。
ISBN978-4-86435-356-4　C1092　¥1500E